긴 방향을 함께한
오래된 동네에서,

조 현아

2023년 12월

밥줄광대놀음

밥줄광대놀음

조현아

위즈덤하우스

우리 누나를 수식하는 말은 굉장히 많다.

국제수학올림피아드 금메달 수상자,

태권도 사범, 괴짜 그리고 미친년······.

그 모든 수식어를 모아두고 내게 '누나와 가장 잘 어울리는 수식어를 고르라'고 한다면, 나는 열 살이 된 누나를 보고 친할머니가 중얼거린 말을 고를 것이다.

"저건 난 년이여······."

누나는 어릴 적부터 텃밭에서 기어다니는 벌레 이름이 무엇인지, 어째서 씨앗은 싹을

티우는지 궁금해했다. 부모님의 스마트폰은
누나의 백과사전이었다. AI 비서를 켜두고
물어보면 뭐든지 답해주었으니까. 그 탓에
부모님은 중요한 전화를 몇 번이나 놓쳤다.
딸을 먹여 살리기 위해 부모님은 일을 해야
했고 어쩔 수 없이 스마트폰을 뺏어야 했다.
대신 부모님은 누나에게 어린이용 학습
만화를 사주었다. 식물·동물·곤충·환경·지구
편을 선물받은 누나는 자연현상에 대한
질문보다 아직 뜻을 모르는 단어를
물어보았다. 만화책으로 한글을 뗀 누나의
세계는 무서울 정도로 넓어졌고 점점 어려운
질문을 던지기 시작했다.

    부모님은 온종일 환경 이야기만 하는
장녀가 아픈 줄 알고 병원에 데리고 갔다.
의사는 아이가 또래에 비해 똘똘하긴
한데 신체 발육이 너무 늦되었다며 운동을

권장했다. 돌아오는 길에 어머니는 누나를
태권도 학원에 등록시켰다. 확실히 몸을 쓰게
하니 집에서 쫑알대는 빈도가 눈에 띄게
줄었다.

우리 집은 그렇게 평화를 되찾은 줄로만
알았다…….

맹자의 어머니가 어째서 세 번이나
이사를 했을까. 아이는 주변 환경에서 배우기
때문이다. 시장 주변에 살면 상인을 흉내
내고, 묘지 근처에 살면 묘지에서 보이는
사람들을 따라 하기 마련이다. 우리 집은
고물상을 운영했고, 누나는 자연스레 무게에
따라 달라지는 고물의 가치에 관심을 가지게
되었다. 가게에서 일해보겠다고 달려드는
누나를 부모님은 혼내기에도 지쳐 학원가에서
모아 온 참고서 더미 위에 올려두었다.
그곳에는 아동용 문제집만 있는 게 아니라

가끔 영어로 된 전공 책까지 나왔다.

조기교육도 그만한 조기교육이 없었다.

초등학교 1학년 수준부터 과학고, 영재고

입시, 심지어 올림피아드 문제까지 있던 책

더미는 누나의 관심을 환경에서 수학으로

이끌었다. 어머니는 일곱 살 어린이가 수능

문제집을 고요히 바라보며 손가락을 꼼질대는

순간에 공포를 느꼈다고 한다.

교사들은 누나가 과학고나 영재학교를

가야 할 아이라고 말해주었다. 부모님도

과학고와 영재학교 가는 법을 알아보았지만

우리 집은 그 정도 돈이 나올 집구석이

아니었다. 재능 있는 딸에게 날개를 제대로

달아주지 못했다는 죄책감은 누나가 자라는

동안 '지금이라도 늦지 않았으니 학원을

보내야 한다'는 말로 부모님 입에서 불쑥

튀어나왔다. 그런 말이 나오면 언제나

싸움으로 번졌다.

"나 여권 만들어야 해. 국제 대회 나가. 안 따라와도 돼. 교수님들하고 같이 가. 거기서 쓸 용돈 15만 원만 줘."

"뭐라고?"

"수학경시대회 같은 거야. 올림피아드 검색해봐."

누나의 말에 엄마도 아빠도 말싸움을 멈췄다. 우리 가족은 올림피아드가 무엇인지, 어떤 사람들이 모이는 곳이고, 그곳에서 받는 상이 얼마나 영광스러운 것인지도 몰랐다. 누나도 자세하게 설명하지 않고 엄마에게 돈을 받아 사진을 찍으러 갔고, 여권이 나온 지 얼마 되지 않아 외국으로 떠났다.

돌아올 때는 소란스러웠다. 누나가 금메달을 수상했기 때문이다. 공항에서 가족을 보고 달려오는 누나를 어느 방송사

기자가 붙잡아 세웠다. 그 사람은 누나에게 올림피아드에서 금메달을 수상한 소감부터 물어보았다. 누나는 퉁퉁 부은 얼굴로 성실히 답해주었다.

"앞으로의 계획은 어떻게 되시나요?"

기자의 마지막 질문에 누나는 별 고민 없이 대답했다.

"고물상 운영이요!"

귀국 후 몇 주 동안 누나를 방송에 출연시키고 싶다며 가게로 전화가 왔고, 어떤 스트리머는 학교 앞까지 찾아와 난리를 피웠다. 하굣길에는 누나를 키워주겠다며 유명한 입시 학원 직원들이 들러붙었다. 누나는 수많은 제안을 모두 거절하고 수능을 준비했다. 세상은 굳이 민솔이라는 존재가 없어도 충분히 자극적인 것들로 가득했기에 곧 누나의 주변도 조용해졌다.

수능이 끝나고 집으로 오는 길에
누나는 운전면허 학원에 등록했다. 누나가
똑똑한지는 사실 아직도 잘 모르겠는데,
생각을 행동으로 옮기는 추진력 하나만큼은
확실히 남달랐다. 고물상에서 사용하는
용달차 뒤에 초보 운전 딱지를 붙이고
덜커덩덜커덩 운전하는 딸을 본 부모님은
애써 지워왔던 그 인터뷰를 떠올렸다.

아이고, 너처럼 머리 좋은 애가 왜 이런
일을 해. 너는 대학 공부 해야지, 해외로
나가야지. 아빠가 그래도 너 공부시킬 돈은
있어. 왜 네 가능성을 포기하려고 해.

내 나이 열네 살, 부모님과 누나 사이에
전쟁이 발발했다. 며칠 동안 차가운 신경전을
벌이더니, 누나는 4절지 몇 장에 걸쳐
자신이 고물상을 물려받으려는 이유를
적어 부모님 앞에서 발표했다. 한 시간 동안

우리 고물상이 이 낡고 오래된 동네에 어떤
사회적·경제적·환경적인 영향을 끼치는지
누나의 분석을 들은 부모님은 그만 마음이
약해졌다. 횡설수설하는 발표보다도 그동안
누나를 위해 해준 게 없다는 죄책감이 한몫한
모양이었다.

"대학은 졸업해. 그리고 직접 일해서 천만
원 모아 와."

대타협이 이루어졌다. 누나는
환경공학과로 진학했고 휴학 없이
대학을 졸업했다. 졸업식을 앞두고 온갖
아르바이트를 하며 모은 금액이 찍힌
통장을 부모님께 보여드렸다. 결국 부모님은
누나에게 고물상을 넘겨주었다. 누나는
부모님이 차마 받지 못한 천만 원으로
집수리를 시작했다.

저 미친 인간이 고물상을 기지로 삼아

무슨 쇼를 할지 볼 새도 없이 내게 입영 통지서가 날아왔다.

드디어 지루한 도입부가 끝났는데 이후 이야기를 보지 못한 채 국방의 의무를 수행해야 하다니…….

나는 '솔솔 고물상'의 사장이 민솔이 되던 해, 군대에 갔다.

전역하는 날, 누나가 우리 고물상 포터를 몰고 데리러 와주었다. 트럭에 설치해놓았던 천막이 작은 컨테이너로 업그레이드돼 있었다. 내가 조수석에 앉자마자 누나는 수상한 질문을 퍼부었다.

"율아, 너 운전병이었지? 아닌가, 취사병이었나?"

"운전했어."

"군대에서도 트럭 운전해?"

"당연히 하지."

"너, 월 300 받고 운전해볼래?"

"무슨 불법적인 일을 하는 거야?"

8월 말, 아직 반소매를 입을 시기였다. 누나의 팔은 잉어와 용이 노니는 연못이 되어 있었다.

"문신은 또 언제 했고?"

"이건 토시. 감쪽같지?"

누나는 팔 살갗을 잡아당겼다. 문신이 쭉 늘어났다.

"무슨 나쁜 일을 해서 이런 분장까지 하는데."

"나쁜 일 아니래도."

"그럼 월급 300만 원은 어디서 나오는 건데."

"요즘 사람들 깔끔은 있는 대로 떨면서 쓰레기는 얼마나 열심히 버리냐? 그리고 누가 쓰레기 만지고 싶어 해? 그런 세태 속에서

동네 고물상이 국가기간 사업이 되어버렸다,
이 말씀입니다."

"불법이 아니라고?"

"정부 보조금 타 먹기가 어디 쉬운 줄
아냐? 심지어 정부에서 아이디어 좋다고 상도
줬어! 진짜 결백하고 청정한 사업이야!"

"걸릴 게 없다면서 문신 토시를 왜 차?"

"새로운 사업이 섹스돌 수거하는 일이라
조금 세 보일 필요가 있어서……."

"씨발……."

누나는 그리운 집으로 운전하며 그간
변한 점을 말했다. 모았던 천만 원으로 집을
고쳐 공간을 확보했고, 지금 고물상에는
직원으로 일해주는 동료가 두 명 있다고 했다.
둘 다 개성이 강하지만 나는 무난한 성격이니
잘 어울릴 수 있을 거라며, 누나는 마치 내가
월 300 받는 것으로 계약이 끝난 것처럼

말했다.

"나는 한다고 안 했는데?"

"나는 너 시킬 건데?"

"안 한다니까?"

누나는 재차 권하지 않았다.

"월 300 받을 수 있는 일 한번 해보고
마음 바뀌면 언제든 말해."

제대만 하면 무엇이든 할 수 있을 것 같은
착각에 빠진다. 세상은 가능성으로 가득 차
있고 나는 무엇이든 할 수 있는 군필자인데
섹스돌 수거하는 일을 하라니! 나에게도
존엄은 있다며 보란 듯 사회로 뛰쳐나갔지만
차가운 세상의 벽에 부딪쳐 파도 거품처럼
부서진 나는 곧 누나에게 메시지를 보냈다.

[사장님 월 300 운전병 아직도
모집하시는지요?]

[업무 설명해줄게ㅋㅋ 고물상으로 와]

솔솔 고물상은 여전히 그 색깔을 유지하며 성업 중이었다. 누나는 전동 리어카를 점검하면서 동네 노인들과 수다를 떨고 있었다. 껄껄 웃는 누나의 표정은 올림피아드에서 금메달을 따고도 고물상을 운영하고 싶다고 말한 그 시절의 얼굴과 비슷했다.

이제야 그 삶을 상상해본다.

없는 집에서 자라 국제올림피아드에서 금메달을 수상한 여학생으로 누나가 짊어져야 했던 짐은 무엇이었을까.

고물상의 장녀라는 수식어는 누나에게 어떤 의미였을까.

이 동네에서 우리 가족이 고물상을 운영한다는 말은 그저 평범한 자기소개에 불과했다. 그러나 이것은 어디까지나 우리 동네에서의 이야기였을 뿐이다. 더 넓은

세계에서 누나의 삶은 어떻게 왜곡되어 얼마나 깊게 누나를 찔렀을까. 누나가 마주한 세상은 누나에게 친절했을까?

"왔냐?"

"전동 리어카는 충전비 많이 들지 않아?"

"공공 충전소 많잖아. 우리 고물상에도 설치는 해놨는데, 알아서들 바깥에서 충전하고 오시더라고."

여전히 누나를 잘 모르겠다. 이재(理財)에 능한 사람이었다면 절대로 하지 않을 선택을 연달아 하는 사람이다. 비범한 바보거나 뚝심 있는 바보거나. 하여간 바보다.

"얘들아. 우리 짐꾼 구했어."

방에서 처음 보는 누님이 한 명, 익숙한 누님이 한 명 나왔다.

안방에서 나온 사람은 박아름, 누나와 같은 대학을 졸업한 기계공학 전공자로 주로 섹스돌과 섹스 토이를 분해하고 분류한다. 그 외에도 고물상 내 컴퓨터와 기계 관리를 맡고 있다.

내 방에서 나온 사람은 한소라, 우리 남매의 동네 친구이면서 내가 입대했을 때에 웹툰 작가로 데뷔했다. 고물상의 공식 SNS 관리자이자 마케팅 담당자이다.

그리고 민솔. 고물상 사장이다. 전국을 돌며 섹스돌을 수거하고, 박아름이 해체한 섹스돌 내부 부품과 실리콘을 전문 업체에 판다.

"동생, 남한의 도는 총 몇 개지?"

"여덟 개. 제주도까지 아홉 개."

"땡. 경기도, 강원도, 충청도, 전라도, 경상도로 총 다섯 개다."

"무슨 개소리를 하는 거야? 제주도는? 서울은 경기도에 포함이고?"

"제주도는 차로 갈 수 없잖아."

"누나, 드디어 수학자가 되기로 했구나."

내가 비꼬든 말든 누나는 자기 말을 한다.

"일주일 중 일하는 날은 5일, 하루 한 지역씩 돌면 된다. 일주일에 이틀은 쉬어. 그런데 그게 주말이 아닐 수도 있고. 운행 일정은 한 달 전에 알려줄게."

"누나, 돈 벌자고 사람의 마음을 포기하면 안 돼."

"네가 만난 사장 중에 사람의 마음이 남아 있던 사장이 있더냐?"

젠장, 머리에 든 거라곤 자원 순환뿐인 인간한테 말싸움으로 패배하다니. 군대 다녀오면서 머리가 이 정도로 굳었을 줄이야. 머리가 띵할 정도로 분하다.

"수거량이 얼마나 돼?"

"하나 가져오려고 편도 네 시간 운전해서

가는 날도 있었고, 어느 날은 아파트 단지란 단지는 다 돌아서 탈진한 적도 있었어."

"일도 간단한데 월 300을 주겠다고?"

"아, 새끼. 군대 갔다 오더니 잔머리만 늘어서 꼬치꼬치 캐묻네."

"율이는 머리 좋다니까? 그걸로 넘어가겠냐?"

"소라 누나, 누나는 아는 거지? 왜 나를 고용하려는 거야?"

"우리 사장님께서 집 안으로 끌어당기려는 고객님을 무력으로 제압했거든. 태권도 사범이나 되어서…… 합의하느라 고생 좀 했지."

"……팼어? 누나, 사람을 팼어?"

"나는 그때 안 거야. 내가 생각 이상으로 사람을 잘 패는구나. 우리 사업이 제대로 운영되려면 나는 일선에서 물러나야겠구나."

나는 열여덟 살에 덩치만 믿고 누나를
약 올리다가 죽도록 맞아본 이후로 누나의
무력을 의심하지 않게 되었다. 태권도 정신은
민솔이라는 인간이 인간으로 있게 하는
최후의 보루였다.

"쉽게 싸움 못 걸게 생긴 남자 직원이
필요했어. 네가 딱이더라. 너 시비 걸려본 적
없잖아. 우리 유니폼도 있어. 일할 때는 그거
입고 다녀. 주문하게 네 사이즈도 알려줘."

유니폼이라니. 누나는 답을 추구하는
인간이지 아름다움을 좇는 사람이 아니었다.
이 작자는 주먹밥을 그렇게 좋아하면서 굳이
밥을 뭉치는 이유를 이해하지 못한다. 위장에
들어가면 똑같다며 참기름 바르고 깨와 김
가루 뿌린 밥만 도시락에 꽉꽉 욱여넣고
현장학습을 떠나던 모습은 아직도 잊히지
않는다. 그런 인간이 유니폼을 만들었다고?

우리는 그것을 악몽이라 부르기로 했다.

"누나, 공대 졸업했잖아. 남자들 많이 알 거 아니야. 운전병 간 동기도 있을 거고. 왜 하필 나야?"

"신입이 오자마자 남자 찾네. 혹시 너도 공대생이니? 여자만 있으면 불안하고 작아지는 것 같아? 여자들이라 일 잘 못할 것 같아?"

아름 누님이 쏘아댔다.

"얌전히 누나 말 들어, 알겠지? 그런데 너 전공이 뭔데 오자마자 기어오르냐?"

나는 군대에서 체험한 부조리하고도 선명했던 살의를 느꼈다. 저 누님은 도대체 어떤 인생을 살았기에 군대에서 가장 잊고 싶은 순간들을 재현하는 걸까? 소라 누나보다 매서운 기백에 나는 저항할 의지를 잃었다.

"저는 외식조리과 다니고 있습니다."

"요리하는 놈이라 한 번은 봐준다. 앞으로 조심해라."

나는 아름 누님이 다시 일하는 소리를 들은 후에야 입을 뗐다.

"내가 덩치가 커서 스카우트했다고?"

"응. 너한테는 별로 안 위험할 거야. 우리 고객님들은 수줍음이 너무 많아서 섹스도 인형하고 하는 분들이라 덩치 큰 남자한테 관심 없어."

방으로 들어가려던 소라 누나가 갑자기 문틀을 주먹으로 꽝 쳤다.

"섹―스! 씨발, 섹! 쓰! 야하게 그리래서 야하게 그렸더니 씨발, 씨바알! 나 있을 때는 섹스 이야기 하지 말라고!"

주먹이 닿는 거리에 있는 모든 것을 마구 치며 발산하는 분노가 문턱을 넘어서 부엌까지 닿았다.

"소라 누나는 왜 저렇게 됐어? 군대 간 동안 무슨 일이 있었던 거야. 성질 더러운 사람에서 악귀나찰이 됐잖아."

"소라가 성인 만화를 연재했는데 너무 야하게 그려서 간행물윤리위원회에서 판매 금지당하고 플랫폼에서 잘렸어. 그 일로 화병이 생겨서 가끔 느닷없이 화내. 섹스 같은 단어만 좀 조심하면 돼."

소라 누나는 내 친구이기도 했다. 가끔 고물상에 만화책 세트가 들어오면 사 가기도 했고, 중고 거래할 때 짐꾼이 필요하다며 나를 데려가기도 했으니까.

"일하는 체계는 어떻게 돼?"

"고객들이 우리 사이트에서 방문 수거 시간을 예약하고 입금해. 입금자명하고 신청자명이 일치하면 출발. 수거 시간은 오전 10시부터 오후 5시까지. 수거품은 보통

문 앞이나 약속한 장소에 있어. 고객이 잘 포장해서 수거 번호를 써놨을 거야. 그것을 트럭에 옮기고, 여기까지 가지고 오는 게 네 일. 멀리까지 갔는데 너무 늦거나 지쳤으면 하루 자고 와도 돼."

"얼마나 무거운데?"

"안에 든 게 무엇인지에 달렸지. 섹스돌뿐만 아니라 여러 가지 성인용품도 처리하거든. 인간 크기의 섹스돌을 수거하면 못해도 25킬로그램은 되니까 들 때 조심해야 해."

"물건마다 무게가 달라?"

"25킬로그램이 가장 기본. 어떤 건 50킬로그램이 넘어."

"그 민망한 걸 어떻게 옮겨?"

"그것들을 네가 직접 보는 일은 없을 거야. 포장은 고객이 해서 내놓는 거니까.

너는 잘 포장된 것을 이 업무용 폰으로 찍고 수거했다고 문자랑 사진 보내면 돼. 할 마음 있으면 식탁에 계약서 올려놨으니까 지장을 찍든 서명을 하든 해봐. 질문 있어?"

나는 가장 궁금했던 것을 물어봤다.

"어쩌다가 성인용품 수거를 하게 된 거야?"

"성인용품은 인간의 성기에 직접 닿기 때문에 품질 좋은 실리콘을 써. 실리콘 재활용 업체는 질 좋은 실리콘일수록 값을 더 쳐주지. 섹스돌은 좋은 실리콘이 엄청나게 들어가니까 단가가 높은 거야. 그리고 뼈대는 금속! 그야말로 버릴 것 하나 없는 돈뭉치지!"

"다른 이유도 있어?"

"성인용품을 수거해서 처리하는 업체가 없어. 그리고 다들 돈을 주고서라도 처리하고 싶어 하니까 우리가 돈을 벌 수 있는 거고."

"자꾸 말 돌리지 말고. 왜 하필 성인용품을 수거할 생각을 했냐고."

"살 때도 쓸 때도 좋지만 버리는 방법을 모르겠더라고……. 나만 난감할 것 같지는 않아서 일단 저질러보니까 생각보다 반응도 좋고, 잘 굴러가게 되어서……."

예상했던 이유였다.

"경쟁 업체가 생기면 버틸 수 있겠어?"

"요즘 다들 플랫폼 만들어서 수수료 빨아먹을 생각이나 하지, 고물상 일을 하려고 하지는 않잖아? 그리고 하려고 해도 우리가 욕먹는 꼴을 봤는데……."

"응? 욕을 먹어?"

나도 어쨌거나 고물상의 자식이다. 그러니 '처리하기 곤란한 성인용품을 수거해서 재활용해주면 좋은 일 아닌가' 생각하고 있었다. 맙소사, 나 역시 민솔처럼 인간의 마음을 잃은 자원 순환 실천가였다!

"소라가 우리 SNS를 담당하니까 나중에 물어봐. 유니폼 미리 볼래?"

누나는 아름 누님이 일하는 방으로 가서 옷을 꺼내 왔다. 나는 현실을 인정하고 싶지 않아 고개를 계속 저었다. 유니폼은 세상에서 제일 무해한 색, 핫핑크색이었다. 핫핑크색이 어째서 무해하느냐면 그 색을 유해하게 느끼는 이들은 모두 죽기 때문이다. 세상에는 두 종류의 사람이 있다. 핫핑크색에 별 감정 없는 사람, 그리고 핫핑크색을 보면 죽는 사람. 나는 후자였다.

"왜 핫핑크야? 어째서 핫핑크냐고!"

"운전하고 활동하기 편한 옷을 찾다 보면 아무래도 검은색 옷만 입게 되더라고. 일하면서 눈에 잘 띄는 게 안전하니까 그렇게 결정한 거야."

"남성용은 없어?"

"네가 입을 만한 건 없는 것 같다. 오늘 주문 넣으면 3일 정도 지나야 입을 수 있을 거야."

"색은 꼭 이 색이어야 해?"

"너는 군대까지 제대할 만큼 나이를 처먹고 아직도 남자 색, 여자 색 따져? 아니면 나머지 멤버를 설득할 수 있을 만큼 합리적인 이유라도 있는 거야?"

오늘은 확실히 이상하다. 누나한테 말싸움으로 계속 밀리다니. 군대에 있는 동안 나의 지성은 어디까지 퇴화한 것인가. 하다 하다 이제는 민솔한테 말싸움으로 지다니.

"처음 2주는 내가 일 도와줄게."

"내가 수거하면 누나는 뭐 해?"

"너, 아름이, 소라가 맡지 않는 회사 일들."

누나는 근로계약서와 볼펜을 내밀었다.

"아, 나 4개월 정도만 할 수 있다."

"왜?"

"군 휴학인데 복학까지 한 학기 빈단 말이야. 나도 학교는 졸업해야지."

"너 후임 안 찾아두고 도망가면 죽을 줄 알아."

"일은 언제부터 시작해?"

"유니폼 도착하면 그때부터."

"일하는 동안 밥은 어떻게 먹어?"

"밖에서 사 먹어야지. 식비는 넉넉히 챙겨줄 테니까 걱정하지 말고. 혹시라도 한 달 식비 부족하면 바로 말해. 밥은 굶으면 안 돼. 그런데 우리한테 도시락 싸달라 하면 뒤진다."

누가 그 위업을 달성할 수 있단 말인가. 여기서 일하는 누님들한테 밥해달라고 했다가는 물리적 수단에 의해 맨정신이 돌아올 텐데.

"누님들은 여기서 사는 거야?"

"소라는 일 끝나면 자기 집으로 돌아가."

누나는 더 말하는 대신 바깥으로 나오라고 턱짓했다. 충전 중인 전동 리어카와 잘 정리된 박스 더미가 있는 고물상 마당으로 나가자 누나가 조용히 말했다.

"아름이는 사정이 있어서 여기서 나하고 같이 살고 있어."

"무슨 사정인지 물어봐도 돼?"

"전에 취직한 곳에서 1년 넘게 괴롭힘을 당했대. 몸하고 마음 추스를 겸 우리 고물상 일 도와주고 있어."

나는 아름 누님이 내게 쏘아 보낸 살기를 되새김질한다. 그것은 내가 어떤 인간이냐를 떠나, 오로지 남자였기 때문에 받은 증오였다.

"집에서 아름이가 어떻게 행동하든 개한테 눈치 주지 마. 너 때문에 멤버

하나라도 그만두면 죽는 줄 알아."

"누님들이 나 괴롭히면?"

"쟤네는 너 괴롭힐 정도로 한가한 애들
아니야……. 혹시 불편한 일이 발생하면
나한테 말해. 자리를 마련해볼 테니까."

일단 누나하고 같이하는 2주 동안
천천히 업무를 파악해보기로 결심했다. 가족
회사 들어가지 말라고들 하지만 내 가족이
운영하는 사업체니 괜찮지 않을까…….
아, 모르겠다. 계산기를 두드리는 것도
선택지가 있을 때나 가능한 이야기다.

나 역시 솔솔 고물상 부부의 자식이다.
나는 누나보다 다섯 살 어리지만 누나만큼 이
동네에서 오래 살았고 어쩌면 누나보다 더
오래 부모님의 일을 도와주었다. 고물상 일을
잇지는 않았더라도 이 일에서만큼은 엄살
부리고 싶지 않았다.

"잘 부탁드립니다, 민솔 사장님."

"오냐, 선배한테는 깍듯하게 대하고."

그렇게 나는 일을 시작하게 되었다.

첫날은 강원도였다. 수거해야 할 성인용품은 두 개뿐이었다. 누나는 조수석에 앉아 쉴 새 없이 떠들었다.

"적은 양도 바득바득 수거하러 가는 이유가 뭐야? 어느 정도 쌓였을 때 가는 게 더 경제적이잖아."

"지금 시스템이 제일 안정적이니까."

"왜?"

"만약 네가 다음 주에 당장 집에서 짐을 다 빼야 하는데, 회사 일정은 꽉 차서 짐 쌀 시간도 부족해. 그런데 우리가 그 지역은 수거품이 적어서 다다음 주에나 가겠다고 하면 무슨 생각이 들겠냐?"

누나가 직접 구르면서 확립한 시스템을

갓 들어온 내가 흔들어서 바꿀 생각은 없었다.
흔든다고 흔들릴 사람도 아니지만⋯⋯.

　우리는 시내로 들어섰다. 누나는 태블릿
PC로 첫 번째 주문을 확인했다.

　"첫 수거품은 1킬로그램 미만이네. 편하게
가지고 올 수 있을 거야. 이 아파트 8층
5호야."

　"종류별로 수거비를 매긴 게 아니라
무게로 매겼어?"

　"어차피 중요한 건 실리콘하고 금속
뼈대니까. 이거 가지고 가."

　누나가 건네준 것은 낯선 휴대용
저울이었다.

　"수거물 크기가 작으면 무게 재보라고
아름이가 만들어준 건데, 이 갈고리에 걸어서
들어 올려보면 무게를 알 수 있어. 나는
3킬로그램 이하는 봐주고, 5킬로그램 넘으면

'정확하게 무게를 재서 다시 문의 주세요'라고
메모를 붙여놔."

"메모지하고 볼펜 줘."

"그것들은 조수석 서랍에 있으니까 항상
가지고 다녀. 주머니에도 넣어 다니고."

나는 엘리베이터를 타고 8층으로
올라갔다. 805호 문 앞에는 단단히 포장되어,
부여받은 수거 번호가 쓰여 있는 우체국
상자가 놓여 있었다. 나는 사진을 찍고
상자를 집어 올렸다. 아름 누님의 저울을
쓸 것도 없이 가벼웠다. 엘리베이터를 타고
내려가면서 사진과 함께 고객 번호로 문자를
보냈다.

[안녕하세요, 솔솔 고물상입니다.

귀하께서 수거 신청해주신 '28-7-043'
수거하였습니다.

이용해주셔서 감사합니다.]

상자를 짐칸에 넣고 다음 장소로 향했다.
점심으로 무엇을 먹자고 할지 고민하는 중에
누나 핸드폰이 울렸다.

"어, 소라야. 나 지금 율이랑 있어서
스피커폰으로 할게."

―대표님! 엄청 급한 일이 터졌어요!

"저 지금 목뒤가 서늘해지는데요? 무슨
일이 터졌을까요?"

누나는 웃음소리를 냈지만 웃지 않았다.

―솔 대표님, 드디어 올 게 왔습니다.
정말 큰일 났어요!

"딱히 우리 앞으로 올 게 없는데요?"

―토론 섭외가 왔습니다. 큐엠
채널에서요. SIN 네트워크 본사 스튜디오에서
소니아하고 우리 불러놓고 섹스돌 수거

사업에 대해 토론하는 것을 스트리밍하고
싶다는네요?

"소니아? 대문자로 S, O, N, I, A 말하는
거지?"

—어! 그 소니아! 아름이는 소니아 얼굴
한번 봐야 한다면서 나가자는데?

"나도 걔 낯짝은 조만간 봐야겠지
싶었는데."

—그렇지.

"답은 의논한 뒤에 주겠다고 해. 일 끝나고
돌아가면 오후 5시쯤 될 것 같아. 모여서
이야기 좀 하자."

큐엠Q·M. '질문이 너무 많은 괴물 씨'를
줄여서 큐엠이라고 한다. 그 사람은 저녁
9시 뉴스보다 영향력 있고 역사 깊은 종이
신문보다 신뢰받는 정치 분야 스트리머였다.
앞선 수식어가 정치 스트리머와 어울리지

않는다고 생각하는 사람도 많지만 그의
스트리밍을 한번 들어보면 그 수식어를 견딜
만한 사람이라는 것을 알게 된다.

"드디어 큐엠 채널 데뷔하나요?"

"어, 그렇게 됐다. 혼자 나갈지도 몰라."

"나는?"

"아, 네가 내 옆에 앉아 있어주면 고맙지.
그런데 소니아가 남자는 빼고 토론하자고
할걸?"

"괴물 씨도 남자잖아."

"큐엠은 잘생겼잖아, 새끼야. 어디서
물만두 같은 면상으로 같은 종족이라고
주장하고 있어?"

도저히 반박할 수 없는 궤변 덕에 나는
운전에 집중하게 되었다. 다음으로 가야
할 곳은 다세대주택들이 모여 있는 동네의
옥탑방이었다.

"야, 이번 건 조심해라. 25킬로그램이다.
내가 도와줘?"

"아, 그 정도는 껌이지. 누나는 차에서
동생의 화려한 데뷔를 보기나 하십시오!"

초인종을 누르고 솔솔 고물상에서 옥탑방
폐기물을 수거하러 왔다 하니 공동 현관은
쉽게 열렸다. 점점 좁아지는 계단을 올라
햇빛이 쏟아지는 옥상에 도착했다. 옥탑방 문
옆에 여러 개의 박스를 이어 붙여 만든 거대한
박스가 놓여 있었다. 안쪽을 어찌나 튼튼하게
고정했는지 덜컥이는 소리도 나지 않았다.
다른 건 몰라도 이 고객님, 손재주 하나는
타고났다. 그런데 생각이 조금 짧았던 것
같다. 25킬로그램 정도 되는 거면 관절도 있을
텐데 접지 않고 쫙 펴서 포장하다니.

"어억."

20킬로그램 쌀 포대 정도를 생각했던

나는 중심을 잡지 못해 주저앉았다. 쌀 포대는 어떻게든 한 사람이 들 수 있는 모양새다. 하지만 지금 내가 들어야 하는 건 직립한 인간 크기의 인형이었다.

원래도 좁은 계단은 오르내리기 불편하지만, 이런 짐을 들고 내려가려니 한 발 옮길 때마다 명줄이 짧아지는 느낌이었다. 시야는 안 보이지, 짐은 무겁지, 누나는 이런 걸 어떻게 혼자 한 거야. 어떻게 혼자 전국을 다니면서 이런 걸 수거해온 거야.

"와, 죽을 뻔했다."

누나는 내가 차에 타든 말든 핸드폰만 보고 있었다.

"이런 걸 누나 혼자 옮겼어?"

"매일매일 옮기는 것도 아니잖아."

"이제 바로 고물상 가면 돼?"

"응."

고속도로로 진입했다. 누나는 핸드폰 액정에 빨려 들어갈 것처럼 집중하고 있었다.

"사장님, 신입이 운전하는데 조수석에서 핸드폰만 보면 어떡해요. 재밌는 이야기 좀 해주세요."

"상대 염탐 중이야. 조용히 해."

"뉴스피드 좀 읽는다고 하루아침에 토론을 잘하게 되나?"

"생각하고 이빨 털어라. 내 주먹은 너 같은 녀석한테 쓰기에는 너무나도 고귀하다."

"그 사람은 누구야?"

"나도 잘 몰라. 그런데 글은 잘 쓴다. 이런 사람은 말도 잘하겠지?"

"글 잘 쓰는 거하고 말 잘하는 건 서로 다른 능력 같은데. 누나는 말도 못하고 글도 못 쓰지만."

"뒤질려고, 이게."

고물상에 도착하니 저녁 먹기 좋은 시간이었다. 누나와 짐을 나눠 들고 안으로 들어갔다. 누님들은 치킨을 시켜서는 식탁에 앉아 우리를 기다리고 있었다.

"그건 창고에 넣어둬."

"네."

아름 누님의 말에는 항상 존댓말로 답하게 된다.

"손 씻고 이리 와. 일단 먹으면서 이야기하자."

소라 누나는 식탁에 앉아 있었다.

창고에 상자를 넣어두고 나왔다. 집 안은 치킨 집어 먹을 분위기가 아니었다. 나는 아무 말도 못 하고 싱거운 맥주부터 홀짝였다.

"소라 너, 바로 일주일 전에 SNS 조용히 쓰겠다고 선언까지 했잖아? 어쩌다가 큐엠한테 연락이 온 거야?"

"내가 몇 달 전에 싸운 게 캡처가 되어서 여러 커뮤니티에 돌아다닌 모양이야."

"무슨 제목으로?"

"금강불괴 만독불침 섹스돌 수거 업체."

금강불괴(金剛不壞)와 만독불침(萬毒不侵). 내적으로든 외적으로든 쉽사리 타격받지 않는 경지를 뜻하는 말이다. 소라 누나가 도대체 어떻게 싸워댔는지 궁금해 인터넷에 그 말을 검색해보았다. 바로 인터넷 커뮤니티에 떠도는 글이 여러 개 떴다. 솔솔 고물상 계정으로 '섹스돌을 수거하는 이유'로 논쟁한 타래 중 몇 개를 떼어서 올린 게시물이었다.

"소라 누나, 욕 없이 말할 수 있었어?"

우리 누나가 하도 쫑알거려서 태권도 도장에 보내졌다면 소라 누나는 하도 싸움질을 해서 얌전히 있으라며 미술 학원에 보내진 사람이었다. 저 환경밖에 모르는 바보가 어쩌다 동네 깡패하고 친구가 되었는지는 모르겠는데, 그 바보와 혈육인 죄로 나는 소라 누나의 평소 행실을 가까이서 보아왔다. 그 한소라가 이렇게 고운 말로 정중하게 이야기할 줄도 알았다니, 정말 오래 살고 볼 일이다.

"나도 공사는 구분해, 인마."

여전히 살기등등한 아름 누님이 상황을 추가로 전했다.

"처음에 거짓말인 줄 알고 SIN 네트워크에 직접 확인했어. 제안도 사실이고, 소니아가 참여하는 것도 맞아. 소니아는 가면을 쓰는 조건으로 나오기로 했대."

"우리가 여기에 나가서 얻을 것과 잃을 것부터 정리해보자."

누나는 전자 화이트보드를 끌고 왔다. 그 물건은 누나가 유일하게 부모님께 사달라고

한 물건이었다. 애플리케이션이 깔린 태블릿 PC 같은 거라 캔버스를 편한 대로 회전하고, 확대하고, 확장할 수 있어 누나가 생각하는 속도를 쫓아가는 몇 안 되는 기기였다.

"홍보는 확실하게 되겠지. 토론을 잘하면 우리를 둘러싼 오해도 해소할 수 있어."

누나가 화이트보드에 글자를 적어가는데 소라 누나가 엎었다.

"투견장에서 투견이 돈 벌디? 보통은 그 개싸움에 돈을 걸잖아. 우리는 투견이 된 거라고. 큐엠은 그럴싸한 싸움을 붙여서 후원받으면 그만인데, 우리한테는 뭐가 떨어지긴 하나?"

"누님들도 가면 쓰면 되잖아."

누나가 단호하게 고개를 저었다.

"우리는 잘못한 거 없어. 가면을 쓸 정도로 부끄러운 일도 하지 않았어."

"소니아는 뭐 하는 사람인데 가면을 쓰고
나와?"

"프로필은 페미니즘 연구자 및 활동가."

"페미니즘 연구하는 거하고 가면 쓰고
나오는 게 무슨 상관이야?"

"리벤지 포르노 자료 삭제하고 배포자
추적하는 사람이야. 그 사람에게는 우리와는
다른 불안이 있고, 포기하고 싶지 않은 게
있는 거지."

의외로 아름 누님은 소니아에게 관대한
평가를 내렸다.

"딥페이크 같은 기술에 당하기 싫은 건
누……님들도 마찬가지 아닌가……요?"

저 누님에게는 말을 올리게 된다. 아무 말
하지 않아도 언제나 살벌한 기운이 흐르는
사람이니까.

"그러니까 가면을 쓰지 않는 거야. 설사

그런 일이 일어나더라도 우리는 소니아가 건 혐의에 한 점 부끄러움도 없어."

아름 누님이 비장하게 말했다.

"그 혐의가 도대체 뭐길래 분위기가 이렇게 심각해져?"

"우리가 섹스돌 산업을 활성화한다느니, 성 착취 산업과 커넥션이 있어서 지역 성매매를 꽉 잡은 집안이라느니……"

"한 명이 그 모든 소리를 한 거면 토론하는 의미가 있겠어? 말이 통하리라 생각해?"

"소니아야 우아하게 섹스돌 산업 이야기만 했지. 나머지는 소니아 추종자들이 멋대로 퍼뜨린 루머야. 그것들을 또 리포스트 해서 그 루머에 힘을 실어주고."

정말 말도 안 되는 혐의였다. 첫 번째 오해야 사람이라면 할 법한 오해였지만 두 번째부터는 선 넘은 괴롭힘이다.

"율이 너, 내 공책 좀 가지고 와라. 소라 방에 있다."

나는 너덜너덜한 대학 노트를 식탁에 내려놓았다. 누나는 조끼 앞주머니에서 볼펜을 꺼내 화이트보드 내용을 간결한 글씨체로 정리했다.

"결백을 입증할 수 있다는 것만 빼면 이 토론은 우리가 잃는 게 너무 많아. 소니아 한 명 조지자고 토론에 나가야 할까?"

누나의 저울은 토론에 참가하지 않는 쪽으로 기운 모양이다. 이 사업은 대대적인 홍보 없이도 지금까지 잘 굴러왔고 누나는 사업을 크게 확장할 생각이 없었다. 소니아 한 명 잡자고 평온한 일상을 포기할 필요는 없다. 누나는 그렇게 생각하는 것 같았다.

"민솔, 우리에게 그만한 혐의를 씌운

당사자와 대담할 수 있는 기회는 흔치 않아.
우리는 결백하지만 그 사실만으로 결백이
증명되는 것은 아니야."

"결백한 입장에서 결백을 어떻게 증명할
건데?"

누나의 반박에, 말을 꺼낸 아름 누님이
대답하는 대신 소라 누나가 끼어들었다.

"혐의는 주장하는 사람이 증명하는 거야.
여기서 도망치면 소니아 무리가 퍼뜨리는
루머와 공격은 걷잡을 수 없이 커져. SNS
운영하는 나도 좀 생각해주라."

아름 누님과 소라 누나는 싸울 생각
만반이었다. 누나는 언쟁하는 대신 맥주를
세 캔째 비웠다. 누님들도 굳이 더 말을 얹지
않고 차려둔 음식을 꾸역꾸역 먹었다.

"아름이는 SIN 네트워크에 우리 공식
메일로 참여하겠다고 해. 우리 쪽에서는

대표인 내가 나갈 거고, 동행자는 민율.
율이는 토론에 참여 안 해. 또 가고 싶은 사람
있어?"

"너, 무슨 토론을 혼자 하겠다고…….
아름이라도 데리고 가. 고물상은 내가 볼게.
아름아, 너는 괜찮아? 아니면 내가 가고."

"안 그래도 내가 가려고 했어. 토론자에 나
끼워줘. 너만 책임질 문제가 아니야."

"오케이. 율이, 너는?"

"운전은 제게 맡겨주십시오!"

"그러면 토론 참여자는 나하고 박아름,
동행자는 민율. 그날 소라는 고물상 운영을
부탁할게."

"응."

"토론 때 옷은 간단하게 입자. 평소
일할 때 입는 옷에 조끼 걸쳐. 수거 일정도
조절해야 하니까 토론회 일정 정해지면

최대한 빨리 알려달라고 해. 소라, 너는
그동안 크게 번졌던 싸움 사례 좀 뽑아줘."

"나는 뭐 할까?"

"너? 너는 대학 도서관에서 페미니즘
책 좀 빌려 와라. 최대한 쉬운 걸로.
어린이·청소년 대상 환영."

"나 휴학 중이라 책 못 빌려."

"그럼 너는 너의 일을 열심히 하는 것으로
하자."

역할은 정해졌고, 이제부터는 최선을 다할
뿐이었다. 누님들은 초조함을 숨기기 위해
공부에 열중했다.

스트리밍 전날, 누님들은 입을 옷을
체크하고 토론 시작할 때 읽을 발제문을 최종
점검하고 있었다.

"누님들."

"응?"

"우리 트럭 아무리 노력해도 셋은 못 앉겠는데?"

"……어?"

세 사람이 동시에 허를 찔린 표정으로 나를 바라보았다.

"SIN 네트워크 쪽에 데, 데리러 오라고 할까? 아니면 다 같이 전철 타고 갈래?"

"어……?"

"아니다! 내일 아침에 렌터카 준비해둘게. 누님들은 모쪼록 토론 준비에 집중하십시오!"

세 사람 모두 저렇게 맹한 표정을 지어서야, 내일 실시간 스트리밍을 무사히 마칠 수 있을는지. 나라도 정신을 차려야겠다. 고물상 마당으로 나와서 가장 가까운 역에 렌터카를 예약했다.

"누님들! 오늘 일찍 자! 밤새우면 화장 안 먹어!"

다들 멀쩡하게 자러 갔지만 결국 나 빼고 전부 밤을 꼴딱 새운 모양이었다. 누님들에게 편의점에서 사 온 샌드위치와 우유를 먹이고 겨우 렌터카에 태웠다. 누님들은 차에 타자마자 죽은 사람처럼 잠들었다. SIN 네트워크 건물에 도착할 때까지 깨는 사람이 없었다. 덕분에 우리 누나도, 아름 누님도 퉁퉁 부은 얼굴로 지하 주차장에서 내렸다.

"한숨 자니까 좀 낫다, 야."

"누나 얼굴은 큰일 났어……."

두 사람은 서로 부은 얼굴을 보며 유난스럽게 웃었다. 우리는 엘리베이터를 타고 14층으로 올라갔다. SIN 네트워크는 건물의 10층부터 18층까지 쓰고 있었다. 한국에서 제일 잘나가는 MCN(multi-channel network)이라면 빌딩 한 채를 전부 쓸 것 같았는데, 한국에서 제일 잘나가도 강남

임대료는 버거운지, 비슷한 MCN끼리 모여
빌딩 하나를 쓰고 있었다.

"나 그래도 큐엠 만나면 사진 찍어서
자랑할 거야."

"나도!"

누나는 잠이 깨기 시작하자 조잘거렸다.
아름 누님도 토론은 싫어도 큐엠은 좋은지
누나에게 호응했다.

"누님들, 견학하러 온 게 아니잖아⋯⋯요."

"진인사대천명 모르냐?"

"진인사 하기는 했어?"

"이 자식이. 아침부터. 어?"

아침부터 약 올린다며 누나가 등을 퍽퍽
때렸다. 14층에서 엘리베이터 문이 열렸다.
화사하게 꾸며진 곳에서 편하게 입은 직원이
우리를 맞이했다.

"솔솔 고물상 팀이죠? 민솔 씨, 민율 씨,

박아름 씨. 맞으신가요?"

"네."

"식사는 하셨나요?"

"준비하신 게 있으면 감사히 먹겠습니다."

누나의 정중한 태도에 놀랄 새도 없이,
직원이 오늘의 일정을 말해주었다.

오전에 큐엠과 인사하고, 오후 3시부터
13층 세트장에서 메이크업한 채로 리허설,
피드백 후 6시부터 세트장에서 촬영 준비.
저녁 7시부터 9시까지 스트리밍 토론회를
개최할 예정이라고. 누님들은 큐엠하고
만난다는 이야기만 듣고 벌써 들뜬
모양새였다.

"소니아 님하고 미리 만나고 싶으신가요?"

"그럼요! 가면 쓴 채로도 좋으니까
개인적으로 좀 만나 뵙고 이야기 나누고
싶네요!"

누나의 밝고 힘찬 대답 속에는 상대를 향한 살의도 묻어 나왔다.

"소니아 님께서도 좋다고 하시면 시간을 내볼게요."

"일방적으로 찾아가는 건 안 되죠?"

"그럼요!"

누나의 장난스러운 제안에 직원은 당황하기는커녕 농담으로 받아쳤다.

우리는 대기실로 안내받았다. 어릴 때 방송국에서 보았던 대기실은 아니지만 두 사람이 누워 쉴 만한 의자와 SIN 네트워크 측에서 준비한 먹을거리들이 있었다. 누님들은 어깨에 메고 온 가방을 풀어났다. 두툼한 종이 뭉치가 남은 테이블에 꽉 차게 놓였다.

"누나, 이제 와서 그거 보는 게 의미가 있어?"

"네가 할 일은 우리에게 시비 거는 게
아니지?"

"그게 딱히…… 효율적인 것 같지는
않아서……요."

"아름아, 쟤 좀 혼내줘. 저거 군대
다녀왔다고 슬금슬금 기어오르는 거 있지."

아름 누님이 답했다.

"도우러 왔으면 돕는 데 집중하자, 민율
씨?"

"제, 제가 무엇을 도와드릴까요."

"진하게 내린 커피 좀 사다 줘. 얼음
넣어서."

"누나는?"

"나는 샷 추가한 아이스아메리카노하고
큰 쿠키……."

시키는 대로 사 온 나는 누님들이
공부하는 사진을 찍어 소라 누나에게 보냈다.

소라 누나는 답이 없었다. 지금은 고물상이
바쁜 시간이었다.

　마지막 초읽기에 들어서려는 찰나,
큐엠이 불쑥 들어왔다. 그 사람은 호들갑 떨고
쑥스러워하는 누님들을 찍어 갔다. 그렇게 붕
떠버린 채 리허설까지 마치고 온 누님들은
테이블에 엎어졌다.

　인간보다 엔진을 좋아하는 인간들에게
토론이란, 명운이 걸려 비장하게 치러야
하는데 정작 무엇인지는 모르는 의식이었다.
토론이 무엇인지도 모른 채 실시간 토론에
참여하기로 한 누님들은 리허설 한 번에
투지가 완전히 꺾여버렸다.

　뒤늦게 상황을 파악한 큐엠이 토론
순서와 방송 시 주의 사항을 상세하게
알려주었다. 누님들은 벌써 입이 타는지
제공받은 음료수를 한 병씩 비웠다.

까마귀 가면을 쓰고 나온 소니아는 일할 때 입는 옷을 걸친 누님들과 대조되게 깔끔한 바지 정장을 입고 있었다. 단화를 신고 걸어 나오는데, 누나보다 작고 마른 사람에게 그런 기백이 있을 줄은 몰랐다. 정돈된 말투와 핵심만 찌르는 간결한 질문, 흔들림 없는 목소리는 이상적인 토론 참여자의 태도였다. 가면을 써서 표정을 알 수 없는 것만 빼고는.

반면 누님들은 이 토론이 대학 교양 수업에서 체험했던 형식뿐인 토론이 아니라는 현실에 무너져 내렸다. 정해진 시간 내에 끝내지 못하면 끝나는 시각이 언제가 될지 모른다는 이야기를 듣고 울 것 같은 표정을 지었다.

"아름아, 우리 망할 것 같지?"

"망할 것 같은 게 아니라 이미 망했어……."

"멋있고 유쾌하게 망하는 건 안

되겠지……?"

"망했는데 멋있고 유쾌하면 망한 게
아니잖아……."

"어차피 망한 거 그냥 하고 싶은 대로 해."

"안 돼……. 무기징역 살지도 몰라……."

약한 소리의 가죽을 쓴 채 무서운
음모를 꾸미는 누님들을 달래다 보니 토론
시간이 성큼 가까워졌다. 누님들은 돌아가며
화장실을 다녀왔고 스트리밍이 진행될
세트장으로 죄인처럼 끌려갔다.

"나도 정장에 단화 신고 나올 걸 그랬어."

내가 살다 살다 민솔을 동정하는 날이
오다니, 세계 멸망이 머지않은 모양이다.

"지금 와서 그런 후회 해봐야 소용없어.
누나는 지금부터 솔솔 고물상 대표로 무대에
올라야 해."

누나의 등을 밀어 세트장에 올려놓았다.

세트장에 오르지 않는 나는 스태프들과 채팅방 관리자들 뒤에서 누님들을 보기만 한다. 그래도 나는 누나가 오로지 돈 때문에 이 일을 한다고 생각하지 않는다. 오늘은 누나가 차마 말로 표현하지 못하고 행동으로 옮겼던 순간들에 관한 이야기를 꺼내는 날이다. 말은 두서없이 할지라도 나는 사람들이 누나의 뜻을 알아주리라 믿는다.

"날이면 날마다 찾아오는 토론회가 아닙니다. 질문이 너무 많은 괴물 씨가 주최하고 페트—미네랄이 후원하는 비정기 토론회!"

큐엠은 스트리밍을 시작한다는 신호를 보자마자 유쾌한 어조로 진행에 나섰다. 리허설 때보다 훨씬 강해진 조명에 그의 얼굴은 반짝였지만 누님들은 볼이 시뻘게졌다.

"혹시 성인용품이라고 벌겋게 창문을 꾸며놓은 상점에 들어가본 적 있으신가요? 요즘에는 말끔하게 오픈된 공간도 늘어났지요? 인터넷에서 성인용 장난감을 사본 적은 있으시고요? 잊을 만하면 처참하게 동강 나서 버려진 성인용 인형이 뉴스를 타고는 하지요?"

방송은 미성년자도 볼 수 있고, 후원사까지 있으니 섹스돌, 섹스 토이처럼 노골적인 단어를 언급하지 말 것. 리허설을 할 때 큐엠이 몇 번이고 반복한 말이었다.

"오늘은 수많은 장난감 중에 성인용 인형에 초점을 맞추겠습니다. 리얼돌이라고 하는 그 인형이요. 인형을 수거해서 재활용하는 솔솔 고물상의 민솔 대표와 직원 박아름 씨, 그리고 디지털과 현실의 경계를 넘나드는 반(反)성폭력 운동가 소니아 씨가 오늘 토론회에서 만났습니다. 소니아 씨부터 자기소개 부탁드립니다."

"반성폭력 운동가 소니아입니다. 일신의 사정이 있어 가면을 쓰고 나오게 되었습니다. 양해 부탁드려요."

채팅방 관리자 옆에 앉아서 송출되는 화면을 흘끗 보니, 까마귀 가면을 쓴 소니아가 단독 숏을 받고 있었다. 채팅방 관리자가 도저히 수습하지 못할 정도로 많은 채팅이 쏟아졌다. 소니아의 마른 몸을 희롱하는 사람들, 소니아를 모욕하는 사람들, 그리고 소니아를 보호하려는 사람들이 한데 엉킨 전쟁터였다.

[채팅 로그는 저장되고, 당사자의 요청이 있을 시 제공됩니다. SIN 네트워크와 '질문이 너무 많은 괴물 씨' 채널은 대한민국의 법을

준수합니다.]

　30초에 한 번씩 관리자들이 경고문을 올려도 전쟁은 멈추지 않았다. 소니아가 비록 SNS에서 우리 고물상을 욕했을지라도 이 메시지들을 보니 저 사람도 어지간한 용기가 필요했겠다 싶었다.

　"솔솔 고물상 대표 민솔입니다."

　"직원 박아름입니다. 인형과 장난감의 해체 담당입니다."

　"민솔 대표님은 국제수학올림피아드에서 수상한 적이 있으시죠?"

　"고등학생 때 해외 나갈 수 있대서 열심히 했는데 좋은 결과가 있었습니다."

　"수학 분야에서 엄청난 재능을 보여주셨는데, 대학에서는 환경공학을 전공하시고 지금은 고물상을 운영하시죠.

고물상 운영을 생각하게 된 계기가
있었나요?"

"어렸을 때부터 저는 자원 순환에
진심이었거든요."

"박아름 씨는 이력을 보면 민솔
대표님과 같은 학교를 나오셨네요. 그래도
기계공학과라 민솔 대표님하고 마주칠 일이
많지 않았을 것 같은데, 어쩌다가 함께 일하게
되셨나요?"

"아……."

아름 누님 목소리가 파르르 떨렸다.
누님은 헛기침하고는 정돈된 목소리로 말을
이었다.

"솔 대표와는 기숙사 룸메이트로
만났습니다. 서로 잘 맞아서 졸업할 때까지
같은 방을 썼고요. 제가 학과 생활에도,
취직 후에도 적응을 잘하지 못했는데, 민솔

대표가 먼저 고물상에서 일해보지 않겠냐고
제안해주어서 같이 일하게 되었습니다."

큐엠은 시선을 소니아 쪽으로 돌렸다.
그의 시선대로 동영상 화면에 소니아가
보였다.

"소니아 님은 출신 학교도 밝히지
않으시고 비밀이 아주 많은 것 같아요. 어떤
삶을 살아오셨는지 이야기를 들려주실 수
있으신가요?"

"대학교 새내기일 때, 같은 학과 여자
선배가 자살했습니다. 자살하게 된 원인은
교제를 거절당한 남성이 딥페이크 기술을
이용해 그 선배의 얼굴을 포르노에 합성한
후 유포했기 때문입니다. 저는 그런 죽음은
있어서는 안 된다고 생각하며 반성폭력
운동을 시작했습니다."

"딥페이크와 디지털 성범죄에 대해서

저도 작년 3월에 다룬 적 있죠. 소니아 님도 그 영상을 보고 저의 제의를 어렵게 받아주셨고요. 소니아 님께서 주로 어떤 활동을 하시는지 구독자분들께 소개해주실래요?"

"안녕하세요, 소니아입니다. 디지털 성범죄 영상을 삭제하는 일부터 시작해, 현재는 블록체인 기반 가상화폐로 이루어지는 성 착취 동영상 거래의 구매자와 생산자를 추적하는 일을 하고 있습니다."

소니아의 자기소개가 끝나고 큐엠이 이어 말했다.

"고물상과 반성폭력 운동가 사이 어디에서 교집합이 생기는 것일까요? 처음 라인업을 소개할 때부터 많은 분이 의문을 가지셨는데, 오늘 토론으로 그 의문, 분명 해소할 수 있을 겁니다. 오늘의 주제에

대해서 소니아 님이 3분간 발제하고, 솔솔
고물상 측에서도 3분간 자신의 주장을
이야기하겠습니다."

소니아의 모두 발언은 명료했다.

섹스돌, 언어를 순화한다면 리얼돌 혹은
성인용 인형은 인간 여성의 몸과 성기까지
본뜬 존재로 여성을 성적 쾌락을 위한 도구로
보는 왜곡된 시선을 반영한다. 이 자체로도
충분히 모욕적인데, 그 인형을 수거해
재활용하는 솔솔 고물상의 사업은 이 연쇄에
기여한다, 라는 결론이었다.

정신없이 받아 적던 누나는 소니아
쪽으로 시선을 던졌다. 그리고 펜을 소리 나게
내려놓았다. 괴물 씨가 우리 누나의 돌발
행동에 눈을 동그랗게 떴다.

"성인용 장난감을 수거한다는 것이
사뭇 자극적으로 들릴 수 있겠지만…….

결과적으로는 실리콘과 철골, 기계 부품을 나누어서 전문직으로 재활용하는 업체에 파는 겁니다. 우리 고물상은 그 업체들의 소유주가 아닙니다."

손바닥이 땀으로 축축해졌다. 나는 누나와 한배를 탄 운명 공동체였다. 누나가 실수하면 내 밥줄도 끊긴다. 누나와 아름 누님의 혀끝에 우리 솔솔 고물상의 운명이 달렸다.

"한번 분해된 여성 형태 인형이 다시 성인용 인형으로 재조립되는 상황도 상정하기 어렵고, 실제로 그렇게 된다 한들 법적으로도 도의적으로도 솔솔 고물상의 책임이 아닙니다."

이 토론회의 논제는 두 가지였다.

섹스돌은 날이 갈수록 인간 여성과 비슷해지고 있으며 실존 인물의 몸과 성기 형태까지 본떠 만드는 게 셀링 포인트가 되었다. 이렇듯 섹스돌은 여성의 몸을 적극적으로 물화(物化)시키는 도구이므로 판매는 물론 제작, 수입에 관련된 모든 산업이 비도덕적인 것이며 존재해서는 안 되는 것인지가 첫 번째.

두 번째는 섹스돌을 수거해서 분해 후 재활용하는 게 옳은지다. 과연 섹스돌은 어디까지가 인형이고, 인간적이라면 얼마나 인간적인가. '해체하고 버려도 되는' 인간성이란 무엇인가……. 이런 복잡한 이야기가 아니라 섹스돌을 재활용해서 다시 섹스돌을 만든다는 혐의였다.

섹스돌을 만드는 게 비윤리적인 일이라면 당연히 섹스돌과 관련된 사업인 솔솔 고물상의 수거 업무도 유죄라는 것이 소니아의 주장이었다. 어쨌거나 만들어진 이상 누군가는 처리를 해야 한다는 게 우리

입장인데, 섹스돌 자체를 부정하는 소니아와 섹스돌이 존재하기에 지금의 사업을 운영하는 누나 사이에는 메워질 수 없는 깊은 골이 있었다.

"두 진영의 모두 발언 잘 들었습니다. 우선 첫 번째 이슈부터 이야기해볼까요. 성인용 인형 사업에 대해서 두 팀의 의견을 듣고 싶습니다. 이번에는 솔솔 고물상 팀부터 이야기해봅시다."

"아, 제가 소니아 님께 질문해도 되는 거죠?"

토론 초보자인 누나는 실시간 스트리밍 중인 것을 잊었는지, 리허설 때 해야 했을 질문을 미처 하지 못한 것인지, 천연덕스럽게 물어보았다. 큐엠은 당황한 기색 없이 편하게 이야기하라고 했다.

"저는 우리 사업에 왜 '여성을 착취한다는'

낙인이 찍히는지 이해 못 하겠거든요. 최근까지는 여자 셋이서 운영했는데, 여자들에게만 일을 시키니 그게 여성 착취라는 건가요?"

옆에 앉은 아름 누님이 자기도 모르게 웃음을 뿜었다. 큐엠은 좀 더 능숙하게 웃음을 기침으로 승화시켰다. 누나는 결국 그간의 공부에서 자기 사업과 여성 착취를 연결하는 고리를 찾지 못한 모양이다.

"저는 전문적으로 수거해주는 업체가 있어서 성인용 인형 관련 사업이 더 활발하게 돌아가는 거라고 주장하는 겁니다."

소니아가 대꾸했다.

드디어 오랜 질문에 대한 답을 얻은 누나의 표정은 만화 같았다. 반론의 의지도 느껴지지 않는 그 아연실색함에 아름 누님이 앞으로 나섰다.

"솔솔 고물상의 사업이 여성 착취적인 이유가, 성인용 인형을 수거하기 때문이라고요? 착취당하는 여자가 없는데요?"

"앞서 말했듯 성인용 인형은 실존하는 여성의 몸을 모델로, 생식기 모양까지 흉내 냅니다. 최신 기기의 경우 인공지능도 탑재하는데, 그 인형을 수거하고 해체하는 것의 윤리성에 대해 생각은 해보셨나요?"

"지금 무슨 말씀을 하시는 겁니까? 발기한 남성기의 크기와 온도를 측정해서 최적의 삽입 환경을 만들고 설정한 신음을 재생하는 인형을 분해하는 게 살아 있는 인간을 토막 내는 것과 같다고 주장하시는 거예요?"

인공지능이 탑재된 섹스돌을 해체하는 것의 윤리성을 곰곰이 곱씹던 나는 아름 누님의 반박에 현실로 돌아왔다. 두루뭉술한 단어가 이끌어가던 토론은 아름 누님의 말로 다른 국면을 맞이했다.

"소니아 님, 누군가 전문적으로 수거해서 처리하지 않으면 그 인형들, 토막 살해당한 시체처럼 버려져요. 말씀하시는 대로 성인용 인형이 여성의 인권과 강한 연관성을 가진다면 제대로 버리고 처분하는 절차도 중요하지 않습니까."

"애초에 구매하는 사람이 잘못이고, 만들어져서는 안 되었습니다. 성욕을 해결하지 못하는 게 문제라면 남성용 토이가 있지 않습니까. 왜 굳이 인간 여성의 형태여야 하고 왜 실재하는 사람을 모델로 쓰냐는 겁니다."

"썩 좋지 않은 동기로 만들어졌다 한들 이미 만들어져 세상에 존재하게 되었다면 제대로 버리는 것도 굉장히 중요한 문제입니다. 솔솔 고물상의 성인용 토이 수거 사업은 소니아 님이 추구하는 길과 통합니다."

아름 누님이 시간을 끌어주자 누나도 정신이 돌아온 모양이었다. 누나는 고개를 마구 저으며 자기 뺨을 짝 소리 나게 때리더니 다시 토론에 끼어들었다.

"소니아 선생님! 선생님께서 솔솔 고물상의 사업을 잘 모르시는 것 같아 오늘 만난 김에 오해를 풀고 싶습니다."

그 소리에 아름 누님이 물러났다. 누나는 뺨을 어찌나 세게 쳤는지, 영상으로 보아도 뺨이 발그름한 게 보일 정도였다.

"솔솔 고물상의 성인용품 수거 사업은 섹스…… 아니, 성인용 인형과 성인용품을 유료로 수거해서, 분해하고 각 자재를 다루는 전문 업체에 파는 겁니다. 그런데 성인용 인형은 한 달 수거분의 25퍼센트 정도입니다. 나머지 75퍼센트는 딜도나 흡입형 여성

토이입니다. 그래서 기계에 능숙한 아름 씨가
분해 담당자인 것이고요."

누나, 지금 딜도를 딜도라고 말했어…….
이렇게 뻔뻔하게 생방송에서 딜도를 딜도라고
해도 되는 거야?

"방금 전에도 남성용 토이를 쓰면 해결될
일이라고 말씀하셨죠. 소니아 선생님께서는
인형만 문제 삼을 뿐, 성인용 토이 산업
전체를 부정한 적은 없습니다. 그러니까
저희는 선생님의 발언에 모순을 느낍니다.
토이 산업 자체를 부정하지 않으면서 오로지
섹스돌과 심지어 그것을 수거하는 사람들만
문제 삼으시니까요."

"딜도와 섹스돌은 다른 차원에 있는
문제입니다. 섹스돌의 소비자는 그 많은
남성용 토이를 제치고 굳이 여성 모양 인형에,
여성의 신체를 잘라 만든 구멍에 자위하기를

선택한 사람입니다."

소니아도 누나한테 휘말려서 딜도니,
섹스돌이니 쏟아내기 시작했다. 토론은
추상에서 물질로, 그리고 혼돈으로 나아간다.

"여성의 몸은 섹스를 위한 도구가
아닙니다. 어떤 섹스돌이든 여성의 몸을
남성의 시선으로 왜곡해 만든 강간 도구일
뿐입니다."

아름 누님이 고개를 저었다.

"이 토론의 목적은 섹스돌 구매자를
비판하는 게 아닙니다. 그리고 그들을
비판한다고 성인용 인형이 안 만들어지고
버려지지 않는 것도 아니고요. 이곳은 솔솔
고물상과 섹스돌 산업, 나아가서 성 착취
산업과의 연결을 주장하는 소니아 님께서
주장을 증명해야 하는 자리입니다."

남사스러운 말이 실시간으로

송출되는데도, 큐엠은 아직 때가 아니라고 생각하는지 토론을 흥미롭게 듣고 있었다.

"성욕을 풀기 위해 여성의 몸을 본뜬 인형을 쓴다는 게 문제입니다. 여성의 몸은 성적 욕구를 풀기 위한 도구로서 존재하는 게 아니라고요."

"선생님의 발언에서 가장 문제 되는 부분이 바로 그 말이 향하는 곳입니다. 제조사와 유통사가 받을 비난을 왜 솔솔 고물상이 받아야 합니까."

"솔솔 고물상도 이 섹스돌 시장에 톡톡히 기여하고 있습니다. 쉽게 버릴 수 있다면, 사는 것도 점점 쉬워질 테니까요."

"섹스 토이 산업이 커지니까 돈을 주고서라도 버리려는 사람이 늘어난 것은 사실입니다. 그런데 쉽게 버릴 수 있으니 쉽게 산다는 말에 대해서는 명확한 근거 데이터가 필요합니다."

나는 누나가 주먹질하고 발로 차는 것은
봤어도 말로 싸우는 건 처음 봤다. 아마도
극도의 긴장감이 일시적으로 누나의 정신을
고양시킨 모양이었다.

"일단 제가 정리하겠습니다. 두 팀
모두 표현이 너무 과격해져서, 우리 채널
정지당할지도 모르겠어요. 편집본에서는
삐 처리해야 하는 말들을 하시면 어떡해요.
우리 편집자 벌써 울상이네."

큐엠은 능숙하게 의견 차이를
정리해주었다.

"소니아 님께서는 성인용 인형은 기저에
여성의 몸을 도구로 보는 시선을 담고
있기 때문에 본질적으로 잘못되었다고
주장하셨어요. 이에 솔솔 고물상 측은 그것은
전반적인 성인용 토이 시장에도 유효한

문제인데, 비난이 리얼돌과 수거 업체에만 향하는 현상에 의문을 제기한 상황입니다.”

나는 큐엠의 시선을 따라갔다. 카메라를 응시하는 것 같지만 미묘하게 위를 보고 있었다. 시선은 초 단위로 줄어드는 시계 전광판, 그와 비슷한 높이에서 스케치북으로 지시하는 스태프에 닿았다.

[곧 광고 5분 휴식.]

“세트장을 가득 채운 투지도 잠시 식힐 겸 광고 보고 오겠습니다. 우리 채널의 로열 구독자분들은 광고 시간 동안 스튜디오 현장을 볼 수 있습니다.”

“뭐야, 화장실 못 가?”

안타깝게도 누나의 투덜거림까지 송출되고 말았다. 스태프들이 누님들의

마이크를 잠시 꺼주었다. 채팅창에 솔 대표의
방광을 애도하는 글들이 올라왔디. 소니아는
턱을 괴고 자기 메모를 바라보고 있었다.
큐엠은 점점 지쳐가는 토론자들을 보며
나지막이 말했다.

"언어 사용에 주의해주세요. 발언 수위가
너무 높으면 수익 창출이 막힐 수도 있습니다.
규모가 큰 채널이라 바로 정지당하지는
않았지만 아까처럼 딜도니, 섹스돌이니
직접적으로 말하면 저희가 곤란해져요."

광고 시간이 끝나가면서 마이크도 켜졌다.
SIN 네트워크의 PD가 큐 사인을 주었고, 다시
스트리밍이 시작되었다.

"짧은 휴식 시간을 마치고 돌아왔습니다.
소니아 님, 가면 쓰고 있는데 갑갑하지
않으십니까? 목은 안 마르세요?"

"괜찮습니다."

"민솔 대표님은 음료수 맛있게 드시던데, 평소에 선호하는 맛이 있나요?"

"가리는 거 없이 다 잘 먹어서 늘 새로운 맛을 시도하는 타입이에요. 로즈 워터 미네랄은 오늘 처음 먹어봤는데 향이 좋네요."

누나는 정말 괜찮은 걸까. 이렇게 PPL에 응해줄 정도로 능글맞은 사람이 아닌데. 과한 긴장으로 자신을 스스로 초월한 상태라면 부디 토론이 끝날 때까지는 유지되기를 바랄 뿐이다.

"이번 토론 스트리밍은 민솔 대표님도 반해버린 페트-미네랄의 신제품, 로즈 워터 미네랄과 함께합니다."

누나는 내가 군대 있을 동안 전국을 돌면서 온갖 편의점 음료수를 마셔보았다고 한다. 그렇게 돌고 돌아 지금은 2리터짜리 보랭병을 들고 다닌다. 에너지 음료를 마실

정도로 일이 고되지는 않고, 달콤한 음료수를
마시면 갈증이 더 나고, 차를 마시려니 정작
차의 재료는 거의 안 들어가 있고, 결국
생수뿐인데 매번 사 마시는 것도 번거롭다는
이유였다.

　페트-미네랄 시리즈는 그 달콤한
음료수에 속했는데, 누나는 마셔도 마셔도
해갈되지 않는지 벌써 두 통을 비우고 세 통째
마시고 있다. 누나의 갈증은 알 바 아니지만
스트리밍 중에 저렇게 많이 마시면 화장실
참기도 어려울 텐데.

　"쉬기 전에 의미 있는 대화가 오갔는데,
이 부분은 짚고 넘어가야 할 것 같아요.
소니아 선생님께서는 성인용 인형 사업이
여성의 몸을 착취하는 일이고, 솔솔 고물상의
수거 사업은 그러한 사업이 유지되는 데
이바지한다고 주장하셨죠."

"그렇습니다."

"토론 초반의 모두 발언이랑 이어지는
것 같은데, 솔솔 고물상 측은 이 혐의에
대해서 강하게 부정했죠? 정리된 언어로 다시
들려주실 수 있을까요?"

아름 누님이 발언하려는 누나의 허리를
쿡 찔렀다. 누나는 숨을 들이마셨던 입을
다물고 아름 누님에게 발언권을 넘겼다.

"저는 솔솔 고물상에서 인형을 포함한
성인용 토이를 해체하고 내부 부품을
분류하는 일을 합니다."

"예, 아름 씨께서 이 일을 설명하기 가장
적합한 사람이네요."

"성인용 인형을 해체하면 체모를 구현한
것과 실리콘, 금속 뼈대가 남습니다. 체모는
재활용하기 곤란해 타는 쓰레기로 분류해서
배출하고, 실리콘과 금속은 각각 전문적으로

처리하는 업체로 판매합니다."

"이건 제 개인적인 질문인데, 기계로
만들어진 토이는 어떤 식으로 분해하시나요?"

"여성용 흡입 기구 같은 경우는
실리콘과 작동부로 나뉩니다. 작은 부품들은
모아놓았다가 일정 무게를 넘으면 고철로
넘기거나 찾는 분께 넘깁니다."

"소니아 선생님께서 솔솔 고물상에서
전문 재활용 업체로, 전문 재활용 업체에서
다시 성인용 인형 제조사로 돌아간다고
주장하시는데, 여기에 대해서 설명해주실 수
있을까요?"

"우리의 결백은 당연히 증명할 수
있습니다. 애초에 잘못이 없으니까 얼굴도
가리지 않고 이 자리에 나온 것입니다. 그러나
우리가 준비해 온 그 자료들을 증거로 내보일
때는 소니아 님 측에서 실질적인 증거를

내보이며 추궁할 때뿐입니다."

아름 누님도 저렇게 차분한 목소리로
이상한 소리를 하다니, 이 토론은 망했다.
우리가 망한 게 아니라 저 세 명을 싸움 붙인
큐엠이 망했다.

"야⋯⋯."

누나가 소스라치게 놀라며 아름 누님을
말렸다. 하지만 아름 누님은 멈추지 않았다.

"명확하게 말씀해드릴게요. 성인용 인형
제조 사업에 솔솔 고물상의 책임을 따지는
행위는, 소니아 님께서 우리 고물상을
음해하고 다니는 것에 대해 소니아 님이
졸업한 초등학교 교장에게 책임을 묻는 것과
같은 행동입니다."

아름 누님의 기세에 괴물 씨가 까마귀
가면을 쓰고 있는 소니아를 보았다.

"이 사안의 경우 소니아 님께서 솔솔

고물상에 혐의를 건 것이니, 죄의 입증도 소니아 님께서 하는 게 맞습니다. 솔솔 고물상이 어디와 거래하는지, 그곳에서 재활용 과정이 어떻게 되며, 성인용 인형 제조사가 솔솔 고물상과 연결된 곳에서 부품을 사 오는지 조사하신 바가 있습니까?"

"솔솔 고물상이 결백하다면 솔솔 고물상이 공개하면 되는 일입니다."

소니아의 그 말에 누나가 여태껏 보여주지 않던 진지한 표정으로 반박했다.

"아닙니다. 바로 그 입증을, 오늘 이 자리에서 소니아 선생님이 직접 하셔야 하는 겁니다. 우리는 결백합니다. 이 말은 혐의를 쓴 사람이라면 누구나 하는 소리입니다. 그러니 우리가 결백하지 않음을 주장하는 소니아 선생님께서는 우리가 결백하지 않다는 확증을 가져오셔야 했습니다."

핸드폰에 알람이 깜박였다. 소라 누나였다.

[저 새끼 씨발 여태 증거도 없이 지랄한 거야?????]

[그런 것 같음]

[아 꼬우면 니들이 밝히면 된다고 했던 게 진짜 없어서였다고ㅋㅋㅋㅋ]

[증거도 없는데 왜 우리 고물상을 몰아간 걸까?]

[찔러보고 맞으면 대박이고 아니면 말고지ㅋㅋㅋ

아ㅠㅠ 키배 뜨지 말고 작품이나 준비할걸ㅠㅠㅠ

솔이야 순둥이라지만

아름이 진짜 잘 참네 respect]

[아무 생각 없이 찌른 거라고?]

[토론 준비하면서 솔이 공부하라고

우리 쪽 타임라인 정리한 거 있어

처음에는 어떻게 섹스돌을 재활용하냐고
기함하더니

시간이 지나면서 우리가 섹스돌 업계의

한 축이라고 하더라고]

[증거도 없이?]

[ㅇㅇ 우리가 얕보인 거지

소니아는 분명 그 무리를 멈출 수 있었어

그런데 안 말렸잖아 여태 사과도 안 하고

좋은 일 하면 뭐 하냐

살아가는 자세가 글러먹었는데]

나는 스튜디오로 눈을 돌렸다. 다들
소니아의 다음 말을 기다리는데, 눈치 없는
민솔이 또 입을 열었다.

"어떤 문제는 보자마자 답이 보일 때가

있는데, 그게 정답인지는 풀어봐야 아는
법이죠."

공대생이 수식과 답을 내려놓다니. 이제
민솔에게 남은 것은 뭐지? 폭력밖에 없지
않나? 아름 누님은 안 말리겠지? 아니, 누가
무기징역을 살 각오로 토론회에 참여하냐고?

"솔솔 고물상이, 정말로 여성을 착취하는
공간이라고 생각하십니까?"

"앞에서 했던 말의 반복이지만 실제
여성을 착취하지 않아도 충분히 이 산업에
기여하고 있습니다. 버리기 쉬워지면 사는
것도 쉬워지니까요."

"아니, 씨ㅂ……."

아름 누님이 성질머리 못 이기고 욕을
하려는데, 누나가 재빠르게 입을 막았다.
큐엠은 '소니아를 처벌한다'는 분위기가
바뀌고 있음을 눈치챘다. 이 감각은 뭐라고

해야 할까, 말도 안 되는 일을 요구하는 선임을 상대로 후임이 하극상을 벌이기 직전에 느껴지는 긴장감이었다.

"자, 잠시 채팅창에 올라오는 질문들에 답하는 시간을 가져봅시다. 먼저 소니아 님, 리얼돌을 구매하는 게 나쁩니까, 매춘을 하는 게 나쁩니까?"

"애초에 성욕을 푸는 데 인간, 특히 여성의 몸이 필요하다는 것 자체를 이해할 수 없습니다."

"그럼 솔 대표님은요?"

"질문을 이해 못 했습니다. 리얼돌은 여자의 몸을 본떠서 만든 인형이고, 매춘은 돈으로 사람을 사는 행위잖아요. 서로 범주가 완전히 다른데, 이 문제에서 무엇이 더 나쁜지 무슨 기준으로 정할 수 있는 거죠?"

누나, 정신 차린 게 아니었구나. 아까의

화려한 언변은 각성의 최고조였고 이제는 긴장도 각성도 끝나고, 오로지 방광의 묵직한 감각만 남은 멍청이가 되어버렸다. 지금 민솔은 양념해서 그릇에 담아둔 밥을 주걱으로 퍼먹으며, 주먹밥과 이 밥은 차이가 없다고 주장하는 멍청이다.

"흥미로운 시각이네요. 한쪽은 리얼돌은 실제 여성 착취로 가는 길이라고 주장하고, 다른 한쪽은 인형과 여성을 명확히 분리하네요?"

큐엠은 흐르는 땀을 닦았다. 조명 때문에 닦는 게 아니었다. 지금 큐엠은 통제를 벗어나 서서히 높아지는 패널들의 발언 수위 때문에 식은땀을 흘리고 있었다.

"뭐, 공대생이니까. 단순한 편이죠."

능청스럽게 받아치는 누나의 손을 떼어낸 아름 누님도 참여했다.

"칼로 그으면 피가 나오는 게 아니라 철골이 나오는데 어떻게 진짜 사람과 연결시킵니까."

"물질적인 차원이 아니라 인간의 내면에 관한 일입니다. 섹스돌은 그것이 재현한 여성의 신체마저도 극도로 대상화……."

"소니아 님, 당신이 이미 SNS에서 존나게 한 말 또 듣자고……."

"야, 욕은 하면 안 된다고."

누나가 아름 누님을 쿡 찌르며 속삭였지만 두 사람에게는 마이크가 연결되어 있었다.

"그럼 말할 때마다 섹스거리는 건 되고? 자기는 제정신으로 말하는 줄 알아."

잠시 스튜디오에 싸늘한 침묵이 감돌았다. 소라 누나가 또 메시지를 보냈다.

[박아름ㅋㅋㅋㅋㅋ]

[미친 것 같애······]

[아ㅋㅋ 페트-미네랄 어떡하냐ㅜㅜㅜ
솔이만 배불렀네ㅜ
부디 솔이가 지리기 전에 토론 끝나기를]

[누나는 이 토론이 제대로 끝날 것 같아?]

[강제 종료에 천 원]

[나도······]

"그래도 그렇게 험하게 말하면 네 얼굴에
침 뱉는 꼴이잖아."

"하, 하하, 하하······."

큐엠의 웃음소리에 드디어 누나가 마이크
선을 인지했다.

"아, 마이크."

누나의 뻔뻔함도 보통은 아니었다. 그
옆의 아름 누님은 한술 더 떴다.

"제가 이 토론에 나오지 않고 섹스돌을 해체했다면 온실가스는 덜 생산했겠네요."

"소니아 님, 우리 가게에 언제 한번 와보실래요? 우리 일하는 거 한 번만 체험해보셔도 오해가 많이 풀릴 것 같은데."

[어 방송 끊김]

[여기는 아직 하고 있는데?]

[민솔은 진짜 천재다

남 멕이는 걸로는 따라갈 수가 없네ㅋㅋㅋㅋ]

[누나는 이걸로 괜찮아?]

[소니아? 몰라ㅋㅋㅋ

당분간은 안 건드리겠지ㅋㅋ]

끝났다는 사인을 받는데도 스태프들은 여전히 긴장한 상태였다. 큐엠이 싸늘한

눈빛으로 한마디 하기도 전에, 누나는 스튜디오를 뛰쳐나갔다. 음향 스태프가 마이크를 받아야 한다며 누나를 뒤따라갔다.

그래, 음료수 세 병에 촬영 전에 마셨던 커피까지 생각하면 엄청나게 참았다. 인간성의 실험대 위에서, 누나는 훌륭하게 인내했다. 그것만으로도 누나는 인간임을 입증해낸 셈이다.

"나 오줌 마려워서 뒤지는 줄 알았어. 토론은 왜 갑자기 끝난 거야? 두 시간이 지났나?"

"니가 하도 섹스 소리 해서. 그 소니아도 너한테 휘말려서 토론에서 섹스 소리 했잖아."

"너는 욕했잖아……."

"누나, 긴장한 것치고는 이빨 잘 털던데."

"내 이빨을 털면 뭐 하느냐고, 쟤 이빨을 와르르 털어버렸어야 하는데."

분위기는 화기애애했다. 약속이라도 한 듯 스트리밍 반응은 확인하지 않았다. 소라 누나도 스트리밍 후기 대신 회식을 준비해놨다고 빨리 오라고만 했다.

"사장님, 방광 괜찮아?"

고물상에서 우리를 맞이한 소라 누나도 누나의 방광부터 걱정했다. 누나도 어지간히 힘들었는지 소라 누나는 알지 못하는 디테일한 사정을 이야기해주었다.

"다음부터 스트리밍 토론회 이런 거 나가면 기저귀 찰 거야. 스트리밍 토론회 두 번은 못 할 짓이야."

회식 메뉴는 사거리에 새로 연 정육점에서 사 온 삼겹살이었다. 뒷마당에 잘 세팅된 불판과 그릇들을 보며 나는 내 역할을 깨달았다.

"신입, 뭐 하냐? 앞치마 둘러."

그 앞치마는 고등학교 가정 시간에 내 몸에 맞춰서 만든 점보 사이즈 앞치마였다. 내가 앞치마를 두르는 동안 누나는 텃밭에서 쌈 채소를 뜯어 수돗가에서 깨끗하게 씻어 왔다.

고기 익는 냄새가 소중한 이들 사이로 퍼지고 연기는 하늘로 피어오른다. 톡 튀는 기름에 얼굴이 따끔하다. 우리가 살아가는 현장은 바로 이곳이다. 우리는 솔솔 고물상에서 일하는 사람들이다.

살아간다, 함께.

그것만으로도 충만한 감성이 차오르는 밤이었다.

작가의 말

소설의 제목을 정하기까지 정말 긴 시간이 걸렸다.

지나치게 무겁지 않으면서, 적당히 웃기고, 문학적인 느낌도 나면서, 이야기와 어울리는…… 말하자면 '따뜻한 아이스아메리카노, 달지 않은 캐러멜마키아토, 우유 뺀 카페라테' 같은 제목을 원했다. 쓰는 내내 떠오른 제목이 시원찮아서 갑갑했는데, 학교

도서관에서 책 몇 권을 찾아다니다 《줄타기, 솟대타기》(이호승·신근영, 민속원)를 발견했다. 그때 제목을 어떻게 지을 것인지 결정할 수 있었다.

높게 매달린 줄 위에서, 떨어질 것을 뻔히 알고, 모두가 떨어지기를 바라는 공연장에서 줄타기를 하고 싶은 사람이 몇이나 있을까? 그런데도 그 사람을 줄 위에 올라가게 만드는 강제력은 다름 아닌 '밥줄'이다. 생계가 달리면 줄 위에서 균형 잡는 법도 모르면서 그 위로 올라가는 사람이 있기 마련이다. 누구는 밥줄 때문에 줄에 오르고, 누군가는 밥줄 핑계로 그 사람을 무대에 올린다. 또 다른 사람들은 '밥줄의 진정성'을 검증하기 위해 위태로운 쇼를 관람한다. 한편으로 어떤 사람은 자신의 사회적 생명을 걸어서라도 주장하고 싶은 게 있어 줄타기에 참여한다. 욕망과 모순으로 소용돌이치는 '공론장'이 기묘하리만큼 자본주의 논리에 복무하는 모습을 써보고 싶었다……기보다는, 하고 싶은 일을 저질러 버리는 괴짜 이야기를 쓰다 보니 이런 이야기가 나왔다.

여태 믿어주고 지지해주신 부모님, 그리고 언제나 마감의 파수꾼으로 내 곁을 지켜준 도로시와 심바에게 수줍은 감사를 전한다.

2023월 12월
조현아

wefic - 42

밥줄광대놀음

초판 1쇄 인쇄 2023년 12월 22일
초판 1쇄 발행 2024년 1월 10일

지은이 조현아
펴낸이 이승현

출판2 본부장 박태근
스토리 독자 팀장 김소연
편집 곽선희 김해지 이은정 조은혜
디자인 이세호

펴낸곳 ㈜위즈덤하우스   **출판등록** 2000년 5월 23일 제13-1071호
주소 서울특별시 마포구 양화로 19 합정오피스빌딩 17층
전화 02) 2179-5600   **홈페이지** www.wisdomhouse.co.kr

ⓒ 조현아, 2024

ISBN 979-11-6812-743-2 04810
      979-11-6812-700-5 (세트)

값 13,000원

한 조각의 문학, 위픽 (wefic)